그리고 남아있는 것은

김 재 천

시와소금 시인선 · 048

그리고 남아있는 것은

김 재 천

시와소금

| 첫 시집을 펴내면서 |

이미 시속에 나의 모든 것이 용해되어 있는데 달리 할 말이 있을까. 사춘기부터 60을 넘긴 지금까지 시문학에 덤벼든 것은 그렇게 지나온 시간이 아까워서였고, 한편으로는 문학에 기대어 온 나의 정신세계가 다른 어떤 형이상학적인 정신세계보다도 앞서고 절대적이었다고 보았기 때문이었다.

2012년도 봄, 우연히 《문학예술》의 관계자를 만나서 등단이라는 절차를 밟았지만 사실 성이 차지 않았다 이상李箱 문학과 이광수李光洙 문학으로 사춘기를 보내면서 개인적으로나 사회적으로 문학의 위치가 광대하다는 것을 최대치로 여겼기에 아무런 감흥도 없이 등단했구나하는 느낌 정도였다

만감이 교차하는 시간 속에서 시인 구재기 선생님을 만나게 되었다. 직장생활을 하는 동안에 그리고 직장을 그만 두고 난 뒤에도 잠깐잠깐 뵐 수 있는 기회속에서 선생님은 나의 등단 소식에 반가워하셨다. 또한 시인의 테두리에 두시고자 정말로 많은 기회를 제공하여 주셨고, 나는 아무 생각 없이 덥석덥석 그 기회를 누렸다. 이 첫 시집을 내기까지에도 하나하나 살펴주셨다. 고마울 뿐이다.

나는 걸작을 쓰고자 애쓴다. 시인이면 누구라도 걸작을 쓰고자 선망하는 것이 아닐까. 이 시집의 작품들은 등단하고 발표한 작품을 다듬고, 등단 전에 끄적여 놓았던 작품을 수정한 것들이다 습작기의 시에 해당하지만 부끄러움을 무릅쓰고 첫 시집이라는 이름으로 내기로 하였다.

그동안 마음 주신 분들이 떠오른다. 《문학예술》의 이일기 선생님, 김태영 시인, 시집출간을 맡아주신 《시와소금》의 임동윤 선생님, 더더욱 고향이 같은 충남이라는 따뜻한 마음으로 시집 해설을 맡아주신 공광규 시인께 감사의 말씀을 드린다.

끝으로 문학에 대한 관심을 가질 때 부터 아무 말도 없이 도와준 내 곁의 사람들과 가족들에게 감사의 마음을 전하고 간직하고자 한다.

2016. 07. 30

오늘도 더운 날에

김 재 천

| 차례 |

| 첫 시집을 펴내면서 |

제1부 거울을 보면서

제2부 금강錦江을 바라보며

제3부 고양이

제4부 마애불磨崖佛

작품해설 | 공광규

제 1 부

거울을 보면서

하루

되돌아 온 새벽을 맞이하며
다시
침상에 눕히려는 피곤함을 꾸짖는다
생활에 무슨 층층계단 같은 것이 있느냐
하늘과 땅 사이에는 아무런 격차도 없이
어떤 시선이든지 받아 들이며
너와 나 사이에 있지 않느냐

거울을 보면서

제 살을

갉아 먹고 있는

어리석은 마음을 알면서도

속으로 속으로만 파고드는

그대는

대체 어디서 온 것이냐

존재存在의 변辯

제가 그대 앞에
서 있을 수 있는 힘은
제 몸속 뼈 마디마디에
진실이 숨어 있다고 여기기 때문입니다

제가 아직까지
그대와 함께 걸어 갈 수 있다는 것은
한 걸음 한 걸음 속에
진실이 숨어 있다고 여기기 때문입니다

진실이 무어라고 말할 수 없지만
진실의 종결을 외치는
십자가의 한 사람이 이 세상에 있다고
여기기 때문입니다.

꽃

이 미완未完의 이승에서
그대는 하나의 완성이다
천사天使의 사자가 되어
침묵의 그 모양과 빛깔과 향기로
이승의 모든 것을 축복하는 그대
잠들게 하는 그대

무제

저만치 서 있는 사랑은
가까이 다가가면 달아나고
사랑의 깃을
가슴에 달고 싶어 했던
너도
곁에 머물지 못하는데
사랑은 자꾸 오라고 손짓하는구나
사랑아
어디까지 가야 되는 건지
어디까지 쫓아가야 되는 건지

부재 · 1

네가 보이지 않는 거울 속에서
너의 얼굴을 찾으려 하나
얼굴이 보이지 않는다

거울이 간직한
수많은 얼굴 중에서
어찌하여 너의 얼굴은 없느냐

너의 얼굴을 그리려는
물감들이 뒤엉켜 비명을 지르며
허공으로 날아가는데

하늘가에 자리 잡은 물감들도
너의 얼굴을 그리지 못하는구나

부재 · 2

열차의 플랫폼은 항상 비어 있다
그 이전부터 비어 있었는지 모른다
평행선의 철로 사이가 끝없이 비어 있고
오고 가는 승객들의 발걸음에도 대합실은
항상 비어 있었는지 모른다
애초부터 열차와 승객이 오고 가는 것을
플랫폼은 신경을 쓰지 않았는지 모른다

부재 · 3

저 넓은 하늘 어딘가로 시선을 둘 수 없을 때
이 땅 어딘가로 발걸음을 할 수 없을 때
그대는 소리 없이 내게로 온다

몸짓 하나로 이미 존재의 자리를 다 채운 듯
시선은 허공에 머물러 있고
나의 인식 속에서 나는 부재중이다

그대를 알아야 나의 존재가 있듯이
나는 그대를 한동안 더듬어야 한다
서로가 부재하지 않기 위하여
존재를 찾는 눈시울은 항상 젖어 있어야 한다

언어로 밝히기에는 너무 빠른
빛과 빛깔들을 그대와 나는 매일같이
한 움큼씩 손아귀에 틀어쥐고
빠져나간 머리칼을 붙이듯

한 올 한 올 심어가야 하듯이.

봄빛

스스럼없는 그대 피부에
사뭇 눈부셔 눈멀지 몰라
그대 심장과 피부 속에
내 운명을 맡길 수 있을까

아직
이름 부를 수 없는 그대 자태 속에
스스럼없이 운명의 선을
그을 수 있을까

불륜

내
너를 사랑함을 아무에게도 말하지 마라
사랑을 말하는 순간
너와 나는 한 마리의 암컷과 수컷이 되어
그렇게 알몸만 남는 불륜이 되어
하늘도 용서치 않는 불륜이 되어
이승에서 살아가는 동안 고독하리니
내
너를 사랑함을 아무에게도 말하지 마라

사랑의 표정

미욱未旭한 현실 앞에 정情은
사랑이라는 표정으로 나타나
"사랑이여"하고 부르는 순간
사라져 버렸다
사랑이 없어져 버린 빈 가슴속에
사랑이 다시 채워지기까지
어찌해야 하는 건가

사랑하는 님이여

당신을 알기 전에는
저는 한 줌 바람이었습니다.
피부를 스치는 간지러운 대화로
당신의 마음을 훔치려는
한 줌 바람이었습니다.

접신接神

— 어떤 슬픔

낯모를 한 여자가 곁을 지나쳐 갑니다

왈칵 눈물이 솟꾸치는 슬픔이 몰려듭니다

그 여자의 어디에선가 몰고 온 슬픔이 있습니다

울고 싶어집니다

아무 까닭도 없습니다

지나쳐 간 그 여자를 바라봅니다

여자의 뒷모습이 아름답습니다

지나치는 사람들은 아무 것도 모른다는 듯이

자신의 갈 길을 가고 있습니다

여자의 슬픔이 앞을 가로 막습니다

까닭도 없이

여자가 던져버린 슬픔 속에서

울어야 할 것 같습니다

이름

허공에다 그리움이라고
그것은 기다림이라고
써 본다
허공으로 떠 있는 하늘을
바라보며
그것은 그리움이며
기다림이라고
이름 불렀다

이슬

어찌하여
아무도 모르게 캄캄한 어둠속으로
한풀이 하듯

천상의 누구 눈물이기에
이승에 온 것이냐

수정 같은 그대의 자태는
천 년 묵은 얘기를 속삭이는데

한 순간에 떠나는 그대
어찌 가는가

가서는
천상의 누구 눈물이 되어
이승에 다시 오려하는가

평창
—한 사내의 기억

부끄러운 듯 붉어지는 얼굴을
하얀 머리칼로 덮으며
만담가 같은 화술로 웃음을 만들던
평창의 하얀 눈발같이
진솔한 얘기만 하던 평창,
한 사내의 기억이 못내 아쉽다

어느 날 평창 선산 나무를 정리하다가
그만, 나무 한 그루 되어서
이제는 아무 말이 없는
봄날 벚꽃 같은 첫사랑 흔적을 못 잊던
평창이 고향인 그 사내의

첫 딸은 시집가는데

폐광廢鑛

어디까지 파내었는지

뼈 속까지 스미는 한기寒氣를
단斷의 저 편에서 몰고 와도
슬픔을 감내할 뿐

사랑이 없다고 말하지 마라
작다고 말하지 마라
부족하다고 말하지 마라

사랑은 아무데나 쓰는 것이 아니기에
감정의 동정이 아니기에
아무 소리도 하지 마라

억겁億劫으로 물려받은 오장육부를
다 펴가 뜨거운 사랑으로 만들었으니
아무 소리도 하지 마라

아, 사랑은 이미 다 퍼내었는데
빈속을 채우는 안개바람이
어디선가 또 사랑을 만드나 보다

뫼[山]

머—언 기다림
하늘을 읽어 내리는 그리움
몇 천 년 몇 만 년의 모습
그대로
또 몇 천 년 몇 만 년
그렇게
또
머—언 기다림
누구를 기다리는 그리움처럼
누구에게서도 배우지 않은
그 모습
그대로

제 2 부

금강錦江을 바라보며

달[月]

천상의

푸르른 어둠 한 덩어리

숱한 세월 빚고 빚어

님이 되어 오시는가

바람 · 1

언제부터인가 어쭙잖게
도승들이나 하는 비우는 법을 배우다
세상에 남기는 것 없이 많이도 떠도는구나

허공을 돌고 돌아 여기저기 부서지고
멍들고 병들은 몸뚱이 하나로 지탱하는 세상살이
눈치 싼 새들은 저 만치 멀어져 가고

이승의 천명 한 가닥 허공에 나부끼며
모래뻘에 낙인처럼 찍으려고
파도에 기댄 몸짓은 서럽다

아, 운명인 양 스스럼없이
수평선에 머무는 허공[無]이여
지평선에 머물고 있는 허공[有]이여

바람 · 2

제 스스로 흐르는 몸짓을

하늘인들 어찌하랴

허망한 짓이라고 꾸짖어도

나뭇가지를 흔들고

물결을 일으켜 파도를 만드는 탓을

하늘 아래 수많은 희로애락의 인간사를

어찌 자업자득이라고 자책만 할 수 있으랴

나무의 변辯

계절이 아무 말씀 없듯이
빛과 어둠이 스스로 가고 오듯이

달빛으로 그저 한 자리에서만
저를 키워가는 재주뿐임을

그렇게 살아야 하는 것임을
곁을 스쳐가는 이여

비와 바람과 눈발 속에서도
푸르게만 서 있으려는 까닭은.

꽃에 대한 소묘

제 홀로 피고 지는
꽃은 서럽구나,

제 홀로 보이는
빛깔이 서럽고,

제 홀로 가지고 있는
모양도 서럽고,

가는 때를 알고 시드는 것도
서럽구나

심산유곡深山幽谷
야생화는 얼만큼 서러워야 하나

금강을 바라보며

강을 건너가면 바다가 보이는 줄 알았어요
한 많은 세월이 모래 둔덕에 쌓이고
미련의 날갯짓이 강바람 곁에 미소가 되어
바다로 변한 하늘로 날아가고 있었어요
강물이 향한 하늘,
생명의 살결은 이 땅 처음부터 끝까지
수천 년 수만 년 지나도
여유롭고 넉넉한 미소의 몸짓인 채로

눈[雪]

천상天上의 푸르름으로 있다가
바람에 찢기어 몸부림치며
세상에 버려지듯 지상으로 뿌려져
스러지는 것을 버티고 버티어
동목冬木에 꽃잎 되어 머무나니

야생화의 신화

옛날 옛적에
꽃들이 화분에서 화단에서 탈출하여
산으로 들로 나가서
바람과 같이 배회하였다

집 나간 노라*도 꽃이 되어
자기를 따라 오라고 한다
시詩가 쫓아간다
바람이 달빛 그림자를 안고 쫓아간다

온 몸을 감고 도는
천상의 푸르름 속에서
꽃들은 다시 이름 없는 야생화로 피어
시가 되어 자라고

시인이 되어 살고 지고.

* 입센의 인형의집 주인공

지렁이

땅위
가뭄에 바싹 말라서 꺾어져 갈 몸통,
폭우가 지나치면 몸부림쳐라
징그러운 원죄의 몸통
꿈틀대어라, 기어라,

땅속의 습기와 이미 오염된 흙의 무리
그 무리 속에는 숨 쉴 곳이 없어
비라도 내리면 원죄의 몸통
피나도록 기어라 몸부림쳐라
꿈틀대는 욕망으로 가물치처럼 뛰어 올라라

물 위로 솟구쳐 올라라
이 땅 위 가뭄에 말라서 나뭇가지처럼
바싹 말라서 꺾어져 갈 몸통이라도 솟구쳐 올라라
마지막 원죄의 몸통 부여잡은
서러운 숨통.

달빛

달빛은 밤 새워 그리움 만드는데
어둠 속 비치는 그리움 만드는데
구름은 한 줌 바람결 만들어
그리움 찢는구나
달빛은 아무 것도 모르고
밤새 그리움 만들며
이승의 인간사를 노래치 말라 하고
이승의 사연 없는 것을 노래하란다
어둠 속 그 그리운 몸짓들
흘러왔다 흘러가는 구름의 몸짓처럼
달빛은 노래하는데.

가을비

하늘 품안에서
여름내 익은 가을이
온몸 저린 듯 비를 내린다
상사화를 적신다

꽃잎은 바람결에 설레이고
천상의 형벌 같은 그리움만
쌓이고 쌓이어
하늘도 가슴 저린 듯 비를 내린다

어, 벌써 가을비인가

어이 한단 말인가

해변에서

잠든 하늘은 머언 곳에서
푸르게 깨어있고

어둠에 잠긴 바다는
가장 깊은 곳으로 가라앉는다

하늘의 가장 밑바닥
그리고 바다,

항상

최정상에서 출렁이며
환호하는데

봄날

아버지 어머니
오십년 봄을 맞이하는데
꽃이 보이질 않습니다
산허리 중턱에 만개하던
연분홍 진달래도 보이지 않고
논두렁 밭두렁, 순이네 영자네
담장에 피던 노란 개나리도 보이지 않고
길가에 어울리지 않게 홀로 서 있는
백목련
하얀 꽃만 희미하게 보입니다
달빛처럼 보입니다

산애재蒜艾齋* 소감

어머니, 아버지

세상의 오직 한 사람 얼굴로
천륜을 따라 가오니
받칠 것 없으매

작은 꽃동산으로 제향하오니 받으소서
꽃동산 한자리에 성성히 맺힌
6월 오디처럼 까맣게 멍들은 가슴

육순이 넘고 훨씬 넘어도 가시지 않아
달뜨면 노란 달맞이꽃 환하게 당신들 맞이하라고
기다림으로 심고 또 심으매

당신들 그리움으로 작은 꽃동산
한 뜸 한 뜸 수놓듯이 만들었으니
천상의 푸른 모습 보이시고

거닐다 가시옵소서

매일같이

거닐다 가시옵소서

어머니, 아버지

* 산애재는 시인 구재기 선생의 고향집 터전을 시비공원으로 조성하여 사시사철 수백 종의 꽃이 피고 있으며 꽃과 꽃 사이에 유명 시인의 시를 서예가 및 예술인이 자필로 명각하여 시비를 조성한 곳으로 충남 서천군 시초면 신곡리 203번지에 소재하고 daum카페(산애재)가 활발히 운영되고 있다. 현재까지 수많은 문인들이 다녀갔으며 서천군의 자랑거리로 자리 잡고 있다.

들풀

한 알 풀잎 씨앗.
산골 외진 오솔길 한 구석에
이슬 두어 방울 받을 수 있는
풀잎으로 자라서
지나는 이의 지친 발길
적시는 것으로
꽃 피움도 모르고 만족하나니
그저
푸르게 푸르게만 살다가.
꽃 피움도 모르고
살다가.
꽃 피움도 못한다는 것을
알면서 살다가.

만설滿雪

하늘의 영혼은 이 겨울에도
침묵의 소리를 지른다
시를 그 소리 속에 심는다
농부처럼

산속, 밭고랑, 논두렁에 쌓이는 눈은
하얀 속살을 들어내고 있지만
동지로 치닫는 차가운 햇살
보름달처럼 넉넉하다

숲 옆에서

바람의 몸짓에
나무는
온 몸을 떨며 울었다

바람에 상처 난 나무는
비어있는 숲의 허공에
내려앉은 하늘을 보고 있었다

하늘은 밤이 되면
날마다 그 곳으로
별을 보여주고 있었다

젊은 날

청산이 제 홀로 가더라
구름도 아랑곳 하지 않고
바람도 제키며 멋대로 제 홀로 가더라
때로는 망령을 쫓아가고
때로는 구원의 기도 속에
설음 같은 것을 토해 내며
한恨 같은 것을 품은 채로 제 홀로 가더라
해와 달이 가듯이
그렇게 홀로 가더라

제 3 부

고양이

고양이

발광하는 눈동자가 편안한 듯
어둠 속에서 혼자이기를 물려 받은
천형의 몸짓
소리 없는 사색의 발길로
어둠 속을 배회하고
울음소리는 허공 속 어둠의 벌판에서 노래 되어
강을 건너고 건너서
메아리로 되돌아 와
눈동자의 정적 속에 묻힌다

하얀 지팡이

어디까지 왔는지
어디까지 가야 하는지
어찌 가야 하는지
어디로 가야 하는지 모르지만
오로지
내가 짚고 있는
하얗다는
지팡이에 의지依支한 채 걸어간다

가마우지

물의 깊이는 모르지만

뛰어들어야 한다

살라는 천명天命을 거역할 수 있나

반딧불

어둠 속에서
너의 생명이 별빛과 같은 것은
어둠이 너무 깊은 탓이리

침묵의 그 먼 곳에서
천사처럼 가물거리는 빛은
희망하는 사람들의 소유로 알고 있기에

빛으로 있어 길을 열고 있는 것이 아닌가
이승의 무게가 그렇게 쌓여가고
깊은 어둠 속에서 빛은 더욱 명멸하리니

그 깊은 침묵 속을 날아다니는 것이리

존재

—아들아

결국

구름 같은 공空이었다

실향민처럼 이 세상 떠돌다

허공에 묻히는 것이었다

거울 속에 남기는

이승의 낙서 같은 구름의 흔적들

구름같이 천상의 푸르름을 가리는

그 모든 것들

저승까지 따라 올 것이다

조곡鳥哭

날아보니 허공 뿐이더라
길 없는 길 뿐이더라
간혹
구름에 앉아 숨 조리며 쉴 때
남아있는 것은 작은 몸뚱이 뿐이더라
아,
허공이 파먹은 상처 난
몸뚱이 뿐이더라

허공과 이승 사이
날갯짓에 흔들리는 것은
바람소리 뿐이더라

카오스의 눈물

눈물은 카오스의 어딘가에서 흐른다
흐른 눈물은 수많은 유성으로 떨어져
얼음이 되어 관념의 종착역인 우주의
어딘가에 머물다 유성의 사이 사이로
카오스의 눈물이 되어 다시 흐르고

한 사람은 모든 생명을 적시는
눈물을 담보로 십자가에 오르고
아가페는 그의 곁에서 눈물과 피를 흘리며
우주를 적시고 있다
사람들은 지금

저마다
골고다의 어디쯤을 오르고 있는가

죽음보다 깊은 삶

어느날내가앉아있는자리가묘혈속임을깨닫고그러면내가언제부터이자리에있었을까생각해보니수많은시간이흐른것같기도하고수많은시간이흘렀으나시간은멈춰서세월을느끼지못한것처럼아무것도변한것이없는것같아묘혈속을살펴보니구석한자리에한아해가자리잡고있는데어릴때내모습같기도한데그저멘산응시하는눈망울로묘혈속어둠을보고있었다

나는 아해와 같이 앉아 있을 수가 없어서 묘혈 밖으로 얼른 나와 버렸다

묘혈 밖에는 바람이 시간도 모르고 불고 있고 햇빛은 구름과 숨바꼭질하듯이 나왔다 숨었다 하는데 묘혈을 덮고 있는 풀잎들은 푸르기만 하다

묘혈속은 허공으로 가득한데 풀잎은 왜 저리도 푸르게 자라는가 했더니

아해가 키운 것이었다

아해는 멍하니 앉아서 자신의 숨소리로 때로는 입

김으로 부지런히 풀잎이 자라도록 역사役事를 하고 있었다

오호라 그러면 묘혈은 천명지위성天命之謂性의 역사를 하고 있구나 외치며 나는 다시 묘혈 속으로 들어가 본다

아무리 둘러보아도 아해가 간 곳이 없다

아해가 앉았던 자리에는 거울 한 조각이 떨어져 붙어 있는데 가만히 들여다보니 폐포파립弊袍破笠의 볼 상 사나운 한 사내가 들어가 있다

—그대는 누구신가요?

—나는 그대의 먼 조상 올시다

—그러면 나의 몇 대 조상이십니까?

—시조 때부터 내려오는 조상 올시다

—말도 안 되는 소리!

—그러면 나는 당신입니다

—어째서요?

—말도 안 되는 소리를 지껄였으니까요

—도대체 그대는 누구십니까?

거울 속에서 어느 틈엔가 아해가 나타나서 밖으로 나가란다

사실 아해와 같이 있다는 것은 상당히 거북하다

아해는 거울 밖으로 나와서 묘혈 한구석 자기가 앉았던 자리에 자리 잡고는

나를 보고 빨리 밖으로 나가라고 재촉한다

나는 다시 묘혈 밖으로 얼른 나와 버렸다

시간을 모르는 바람이 묘혈을 덮은 풀잎을 건드리고 있었다

풀잎들은 서로 부대끼면서 —나는 풀잎입니다, 풀잎입니다—하고 소리치는 것이 바람결에 실려서 왔다가 바람과 함께 사라져 간다

아하 그 사람은 풀잎의 씨앗이로구나 생각하니

나는 일생동안을 묘혈 속을 들랑거리며 살아왔고 살아가야만 하는 운명임을 깨닫지 않을 수 없었다

진달래꽃

천상天上의 부름으로
봄이면 그 모습

지상地上으로 드러냄은
한恨이로구나

백두白頭대간 마디 마디
수數 세월 간직한 한恨이로구나

잔인한 발길 속에 밟힌 숱한 천명天命
혼魂으로 피어난 한恨이로구나

영변 약산 진달래꽃은*.

* 김소월 「진달래꽃」에서

푸념

스모그 바람결에 폐와 심장이 상해가더라도
우리는 걸어가고 스러질 때까지 견디고 있을 것이다
조금은 아둔하게 비쳐지는 관념의 굴레 속에서도
웃을 수 있는 여유를 배웠기에 바보같은 넋두리를
할 수도 있을 것이다

저의 완성 같은 주장이 그대에게는 왜곡되게 또는
정당하지 않게 비쳐 질 때도 있을 것이니까
그러나, 진실이라는 것은 주장하지 않아도
그대의 가슴속에서 피가 흐르는 동안에
어느 때 찾아가 바로 찾아가

하나의 객관으로 또는 하나의 형상으로 나타나
피를 뜨겁게 하지 않으리 사람은 그런 것이 아닐까
세상살이라는 것이 살과 살이 부딪치는 소리와
살의 냄새를 맡으며
살의 피가 흐르는 격렬 속에서도

사실은 혀끝의 미각이 판단을 결정하는 것이 아닌가

우리를 안정케 하는 서정 속에서 그 미각은
설탕처럼
녹는 것이 아니리
한 편의 시 속에 숨어있는 마음으로 인도하나니
혼란의 순간에 찾아내어 자신의 자리를 찾아내어
걸어가게 하는 것이 아닌가

그것은
아직도 이승에 있는 까닭이려니.

귀로

바다의 맨 밑바닥에서 휘몰아치는
울림이 350만 번 이상 돌고 돌아 나올 때
*힉스는 인자因子의 근원으로 탄생한다는데

하늘의 맨 밑바닥을 탐사하던 우주선은 궤도를 돌뿐
밑바닥을 찾지 못한다
하늘은 밑바닥이 없는가

간혹 치매 기운을 드러내는 팔순의 어머니를
바라보는 구순의 아버지는 한탄하신다
밑바닥 없는 하늘에 자주 빠진다고 한탄하신다

죽음은 그렇게 밑바닥 없는 하늘로 돌아가게 하는가?
가다가다 막히는 골목길에서 밑바닥 없는 하늘 속에서
나오지 못한 사람들은 어디로 갈까

치매에 걸리는 걸까,

정신병동으로 가는 걸까,
자살을 하는 걸까,

고황膏肓에 든 문학병을 짊어지는 것인가
나는 오늘도 밑바닥 없는 하늘에
빠지지 않기 위하여 안개 속에 있는 것인가

* 힉스 : 모든 물질에 질량을 부여해 주는 입자.

진실眞實

밤이 깊어 눕는다
어둠이 이불처럼 덮힌다
잠이 깨여난다

무량한 어둠속을
침대를 에워 싼 방안의 어둠속을
꿈은 제 마음껏 돌아다닌다

어둠 속 짙푸른 하늘에 깨어있는 별들은
시인들의 언어[詩]처럼 빛나고
꿈은 어느덧 서글퍼하고 있다

세상은 슬퍼야 한다고 한다
　　　　울어야 한다고 한다
그래야 사람들은 잠을 잘 수 있다고 한다

그것을 진실이라고 한다

우울한 독백

가자 가 보자

거북이 걸음이라도 가 보자

생이란 내 것이 아니라고 믿고

가 보자

한순간 설혹 가야 할 길을 놓치고

미망의 세계에 있었더라도

현존의 세계로 되돌아 와 있으면

되돌아오게끔 한 그노시스*(gnosis)의

인도가 있었음을…

축복하며 가자 가 보자

인간이란 존재가 이 세상에서 나타나서

나에게 까지 와 있음은

얼마나 장대長大한 생존의 역사인가

* 그노시스(gnosis) : 그리스의 신으로 신과의 융합의 체험을 가능케 하는 신비적 직관.

살아간다는 것은

바다의 가장 밑바닥에서도
살아가기 위한 몸짓들의 물살이 일렁이며
빛을 만들어

그렇게 살아가는 것이
바다의 밑바닥에서 살아가는 방법임을
미생물처럼 그렇게 살아가는 것임을

살아간다는 것은
바다의 가장 밑바닥에서
빛이 빛을 만드는 것이 아니라

어둠이 어둠을 만들어
빛을 가져오는 것임을

말복

덥다

불이라도 났나

천상의 푸르름을 삼킬 듯이

태양은 불덩이다

아우성이다

땀은 끈적이며 솟아나

일상을 적시고

물이 되어 흐른다

그 집

심심산골 그 집

왜 자꾸 나를 부르는가
도회지 한복판 길을 걸어가는데
차를 타고 가는데

심심산골
초가 토담집이 오라고 손짓한다
전라남도 화순군 이양면 이양리
장터 그 집

이승이 나를 맞이한 그 집

침鍼을 맞으며

살을 파고드는 소리가 사각거린다
삶의 통증은 이보다 앞서가고
침을 맞는 통증은 가장 뒤에서
사각거리며 따라 간다
몸 안으로 스며든 삶의 찌꺼기가
빠져나오듯 하얀 침봉에 매달린
선혈鮮血은 그러나 어느 때의 것인지
기억치 못한다

호수湖水

천상天上의 푸르름 한 조각
천형天刑으로 지닌 채
지상地上에 태어남이

천륜天倫이더라

밤이면 푸른 어둠
한 조각 한 조각 서리로 떨어져
눈물로 쌓여

그리움 담아
기다리는 얼굴 만들어
가슴 속 파고드는 상흔傷痕은

천륜天倫이더라

인연因緣

달이 뜨면 울고 있는
별이 있어

대숲 그늘에 그 울음 떨어져
깊고 깊은 연못이 되어

그 해에 핀 연꽃 위에

낯선
남자와 여자가
손잡고 앉아 있더라.

제 4 부

마애불磨崖佛

마애불磨崖佛 · 1
— 서설序說

어느 이름 없는 석수장이가
코도 제대로 만들지 못하고
입도 제대로 만들지 못하고
귀와 눈도 제대로 만들지 못하고
오장육부도 제대로 만들지 못하고
그저 빗물 흐를 때
사람 형상처럼 보이도록만 만들어서
언제 만든 지도 모르듯이 그렇게 만들어 놓고
바람에 숨쉬게 하고
이슬로 눈물 만들어 울게 하고
햇살이 비치면 미소 만들어 웃게 하고
말갛게 흐르는 구름 먹으며 살으라고
그리움과 기다림만 있는
하이얀 허공이나 가지며 살라고.

마애불磨崖佛 · 2

— 운명곡運命哭

어떡하라고
바람도 넘나들기 어려운
절벽 한 구석에 나를 세워 놓고

어떡하라고
구름만 오고 가는 천애*天涯의
이승과 저승 사이 나를 데려다 놓고

그리움 겹겹이 쌓인
하늘만 바라보며
무엇을 기다리라는 것이냐

아무 것도 약속할 수 없는
그리움만 안고
언제까지 기다리라는 것이냐

천애의 허공 속을 휘몰아치는 바람아

* 천애 : 천애지각(天涯地角)의 준말

마애불磨崖佛 · 3

— 효孝

버린다는 것은 얻는다는 것임을
새가 허공을 비상함은 다 버렸음이라

누가 천애天涯의 한 구석에
나에게 생生을 주었음은

이승의 처음과 끝자락에 머물며
효孝임을 달빛에게 명각銘刻케 함이라

허공 속에서 달빛은
그림자를 드리우지 않았다

마애불磨崖佛 · 4

—장인匠人

갈 수 있나

그대 있는 곳으로

아지랑이 일렁이는 그리움 가득 안고

기다림에 설레이는 육신을 끌며

가야하나

그대 있는 곳으로

세월은 마냥 기다림과 그리움으로

기대어 오고

유황硫黃의 거품 같은 세속의 60여년,

그 작업장에서

겨우

빈 깡통 하나 만들었다네

마애불磨崖佛 · 5

— 진실

천애의 허공 너머로 보이는 것은 아무 것도 없다
그래도 허공 이전의 밑바닥과
허공이 끝나는 하늘 속에는
솜털 같은 아지랑이의 그리움이 있고
밑바닥 흐르는 울렁이는 계곡 물소리에
설레이는 기다림이 있어

물안개 구름 속을 유영하는 새들이 있음을
바라보고 있음이여

바라본다는 것은 그리하여
아무 것도 바라보지 않는다는 것이다
그리고 남아있는 것은
"산은 산이요, 물은 물이로다*"

천애의 허공 너머로 보이는 것은 아무 것도 없다

* 성철스님 게송

마애불磨崖佛 · 6

— 임종

그리움과 기다림이

다 했을 때

생生은

천애의 허공이 거두어 가는 것

마애불磨崖佛 · 7

— 탄생

이브가 꽃도 없는 무화과를 먹음은
마리아가 빛[光]으로 예수를
잉태할 것을 예언한 것이라
이승의 시작이니라

어느 때고 숨길 수 없이 온몸으로
걸어온 길이 짐작되어도
나뭇잎으로 감추듯이 가려야 하느니
구름 같은 옷 입듯이,

온 몸을 들어냄은 한 마리 짐승 같아라
하여, 가려짐이 아름다움의 위선일지라도
그 속에 온 몸을 가두라
아름다움은 꺾어지는 것이 아니리

꽃같이 드러냄은 긍정일 뿐이리
그런 죄악이라는 찰라, 눈 깜박

아담은 에덴에서 한 마리 뱀이 되었다

이승의 시작이니라

마애불磨崖佛 · 8

— 윤회, 부친 영전에

가시더이다
맑디 맑은 눈빛 육남매 가슴에 남기시고
기어코 가시더이다

이승의 발걸음
한 걸음도 헛길 걸으시지 않으려
그리도 바삐 가시더이다

살아가는 것을
육남매 가슴 가슴으로 피돌림 시키시고
천애의 한 결, 당신 오셨던 곳으로 가시더이다

한줌 흙 되시면 오시리까
한줌 흙 받들고 천상으로
통곡하면 오시리까

백골 남기시고

그렇게 살으라고 오시리까
하늘의 미소 모두 가지시고 오시리까

아버지

마애불磨崖佛 · 9

— 허공의 노래

천애의 허공을 메우는 것은
되돌아오고 가는 메아리뿐

아무도 흉내 낼 수 없는 자연의 음향을
허공이 흉내 낼 때는

무슨 노래가 되나
아름다운 노래가 될 수 있나

이승을 떠도는 소리
허공에 모두 넣으면

영겁永劫을 떠도는 노래가 될까

마애불磨崖佛 · 10

— 구도자求道者

길을 열어야 하느니
모세가 바닷길을 열었듯이 길을 열어야 하느니
"행여 내 울부짖은들, 뉘라 천사天使들의
계열系列에서 날 들으리*"
숱한 길을 찾아 왔고 열어 왔는데
이제는 아무 길도 열지 못하고
새벽이슬 떠도는 저 허공에 길을 내고 가야 하는가
허공의 길 밖에는 없는 것인가
아, 봉하*여 나를 안으라
어머니 아버지가 안듯이 나를 안으라
내 일생은 사람의 길을 내고자 하였을 뿐
사람의 길은 꼭 가야 한다는 일념뿐이었거늘
오로지 그것뿐이었거늘
새벽이슬이여 슬퍼하지 마라
봉하의 한 줌 흙으로 돌아가는 것을
생과 사는 봉하의 기슭, 안개 속에 있는 것을
찰나刹那인 것을,

미워하지도 원망하지도 마라

부엉이바위 천애天涯의 틈 사이

이승과 저승의 갈림길에서

부엉이 되어 밤마다 울리니

* 릴케의 두이노의 비가 중

* 노무현 대통령의 생가마을 명칭

절정絶頂

이승의 신비로운 모든 것들이 다가오면

신 앞에 엎드려야 하나?

신을 부를 수밖에 없나?

그냥 바라보아도 될까?

한 송이 꽃을 바라보듯.

운명

사람들이모두하고싶은말을하고사는것이아니고할말못할말을구분하고사는마당에말을해도좋고말을안해도좋을상황속에서말을안하는것보다말을하는것이좋다면말을해야하고말을해도좋을것같다면말을안해도좋다는생각을하지않으면될텐데말을하고안하고를처음부터따지는생각을왜하는것인지모르겠다그러니까말을하고안하고를판단하는것이사람의얄궂은운명이아니냐

눈물 · 1

지극한 것들은 소리 없이 온다
강물이 온몸으로 흐르듯 온다
애증愛憎의 순간이 파고 들 때

서러운 곳으로 얕은 곳으로 모여서 온다
하늘의 모진 것들이 모여서
하얀 서리로 온다

이 정체 모를 배설이
하느님의 것이냐
부처님의 것이냐

눈물 · 2
— 절정

살갗 속 머물러 고여 있던 피 멍울인가
봄 날
꽃망울 터지듯 오열하며
숨 가쁘게
숨 가쁘게 흐르고 있다
흐르며 어디로 가고 있다
서러운 것들은 슬픈 것들은
상처 난 살갗 속 머물다
진달래 같은, 개나리 같은, 벚꽃 같은
첫사랑 계집애 못 잊듯 고향으로 가고 있다

이승에 없는 고향은 눈시울에 가득 고여
있는데

나송裸松

이미 다 버리고 있었다

하늘을 떠받치는 푸른 머리칼은
한 해가 저물 때마다
누렇게 쏟아져 내리고
다리처럼 기다란 몸뚱이는
퇴색한 피부처럼 갈라져 떨어져 버렸다

하느님도 오지 않고
부처님도 오지 않던 세월
아무 것도 믿을 수 없던 시절
이제 알 것 같다
아무도 오지 않았던 까닭을

주어진 푸른 머리가
한 해가 저물 때마다 쏟아졌음은
그렇게 퇴색한 피부를 만들었음은

그리고도 살아있음은

버리는 데 있음을.

낙엽

새벽 이슬의 무게를 감당치 못하고
어느덧

온 몸이 노을에 묻혀 진 채
미풍에도 견디지 못하고 떨어져 간다

저문 날 들녘
흐르는 바람결에 날리며 호곡號哭하는가

바스락대는 소리가 유난히 큰
이승의 달빛 머무는 어느 한구석

한 줌 흙으로 돌아가 머무는가

| 해설 |

꽃과 사랑과 마애불의 노래

공광규(시인)

| 해설 |

꽃과 사랑과 마애불의 노래

공 광 규
(시인)

충남 홍성에서 출생하여 현재 홍성에 거주하고 있는 김재천 시인은 2012년 등단하였다. 그는 이번 시집의 작가 소감인 '첫 시집을 내면서'에서 시 안에 자신의 모든 것이 용해되어 있다고 하였다. 시에 그동안 살아온 인생을 이곳저곳에 녹여서 담았다는 뜻이다. 또 그동안 문학에 기대온 자신의 정신세계가 어느 형이상학적인 정신세계보다도 앞서고 절대적이라고 언급하였다. 이런 김재천의 시를 개괄해보면 꽃과 사랑과 불교에 대한 공간 및 시간관념을 서정화 한 것들이 우세하다. 현재 시인이 주로 관심을 가지고 있는 시의 제재에 대한 취향이자 편향이라고 할 수 있다. 이는 시인에게 있어서 단점이라기보다는 오히려 개성으로 작용할 수가 있다.

김재천의 시에서 식물에 대한 관념 가운데 꽃을 제재로 한 것이 많다. 시에서 꽃은 관념이기도 하지만 시인이 추구하는 관념의 매개물이자 형상물이기도 하다. 대개의 시인들은 관념과 형상을 교차시켜 시 해석의 범주를 넓혀주는, 시의 세계를 풍요롭게 하는 전술을 채택한다. 김재천도 마찬가지다.

아버지 어머니
오십년 봄을 맞이하는데
꽃이 보이질 않습니다
산허리 중턱에 만개하던
연분홍 진달래도 보이지 않고
논두렁 밭두렁, 순이네 영자네
담장에 피던 노란 개나리도 보이지 않고
길가에 어울리지 않게 홀로 서 있는
백목련
하얀 꽃만 희미하게 보입니다
달빛처럼 보입니다

—「봄날」 전문

하늘 품안에서

여름내 익은 가을이
온몸 저린 듯 비를 내린다
상사화를 적신다

꽃잎은 바람결에 설레이고
천상의 형벌 같은 그리움만
쌓이고 쌓이어
하늘도 가슴 저린 듯 비를 내린다

어, 벌써 가을비인가

어이 한단 말인가

—「가을비」 전문

시 「봄날」이나 「가을비」에서 꽃은 경과한 시간을 뒤돌아보는 매개로 활용한다. 전자의 시에서 화자는 오십년이 경과한 시간의 봄을 맞이했는데, 꽃이 보이지 않는다고 한다. 꽃은 현재의 꽃이 아니라 오십 년이 경과한 과거의 꽃이다. 꽃과 같이 있던 순이와 영자를 포함한 추억이 함께하지 않기 때문이다. 추억과 같이 있어야만 꽃이 있는 것이다. 그래서 화자는 어렸을 때 산중턱에 피던 진달래나 논두렁이나 밭두렁에 피던 개나리가 보이지 않는다고 한다. 시간이 지나도 꽃은 그냥 그 꽃일 테지만 화자가 보는 꽃은 과거와 같은 가치를 가진 꽃이 아닌 것이다. 또

길가에 백목련이 피어 있는데, 백목련은 화자가 어렸을 때 흔한 꽃이 아니어서 추억에는 없는 꽃일 것이다. 과거의 익숙한 꽃을 대체해서 지금은 낯선 꽃인 백목련이 피어 있는 것이다. 결국 시인은 꽃을 얘기하고자 하는 것이 아니다. 과거의 희미한 추억을 꽃을 통해 떠올리는 것이다. 백목련의 흰 색은 눈에 잘 띄는 진달래나 개나리의 색깔과 비교하여 희미하다. 목련과 달빛은 희미하다는 색감의 유사성이 강하다. 그래서 희미한 심상의 공통점을 활용해 달빛처럼 보인다고 한다.

「가을비」는 여름에서 가을까지의 시간 경과를 보여준다. 계절의 흐름이 인생의 시간 경과를 함축하고 있는 것이다. 화자는 가을비에 상사화가 젖고 있는 것을 보고서 가슴이 저리다고 한다. 가을에 비가 오는 사건을 통해 시간의 흐름을 절감한 것이다. 결국 시간이 지났음을 안타까워한 나머지 화자는 "어, 벌써 가을비인가// 어이 한단 말인가"하고 절규한다.

이렇게 위 시들이 시간의 경과를 되돌아보는 매개로 꽃을 사용했다면, 아래 시는 시간의 경과가 확장되어 이승을 넘나드는 상상의 매개로 꽃을 활용한다.

> 살갗 속 머물러 고여 있던 피 멍울인가
> 봄 날
> 꽃망울 터지듯 오열하며

숨 가쁘게
숨 가쁘게 흐르고 있다
흐르며 어디로 가고 있다
서러운 것들은 슬픈 것들은
상처 난 살갗 속 머물다
진달래 같은, 개나리 같은, 벚꽃 같은
첫사랑 계집애 못 잊듯 고향으로 가고 있다

이승에 없는 고향은 눈시울에 가득 고여
있는데

—「눈물 · 2 -절정」 전문

위 시에서 꽃은 "살갗 속 머물러 고여 있던 피 멍울"로 비유된다. "봄 날/ 꽃망울 터지듯 오열하"는 기억이나 시간에 대한 안타까움을 절절하게 표출한다. 시인에게 있어서 꽃은 오래된 슬픔과 상처의 구체적인 형상물이다. 그리고 꽃과 같이 오래된 잠재의식 속에서 떠오르는 첫사랑일지도 모른다. 그래서 화자는 "진달래 같은, 개나리 같은, 벚꽃 같은/ 첫사랑 계집애 못 잊듯 고향으로 가고 있다"고 한다. 진달래와 개나리, 벚꽃이 있는 고향은 이승에 없다. 과거일 뿐이다. 고향이고 첫사랑이 있는 곳에만 있다. 잡을 수 없는 과거를 꽃으로 환기하며 괴로워하는 화자의 감정은 오열한다.

김재천의 꽃은 시에서 여러 가지 모양으로 변주된다. 「꽃」에서는 꽃을 "이 미완未完의 이승에서/ 그대는 하나의 완성"이며 "천사天使의 사자가 되어/ 침묵의 그 모양과 빛깔과 향기로"변환된다. 김소월의 시 「진달래꽃」을 인유한 시 「진달래꽃」에서는 꽃이 "백두白頭대간 마디마디/ 수數 세월 간직한 한恨이로구나// 잔인한 발길 속에 밟힌 숱한 천명天命/ 혼魂으로 피어난 한恨이로구나"로 형상된다. 「인연」에서는 꽃이 하늘에서 떨어진 별이 연못에 떨어져 연꽃 위에 앉아있는 남녀로 환생하는 심상으로 형상되기도 한다. 아래 시에서는 홀로 피는 꽃의 서러움을 담담하게 표현하고 있다.

> 제 홀로 피고 지는
> 꽃은 서럽구나,
>
> 제 홀로 보이는
> 빛깔이 서럽고,
>
> 제 홀로 가지고 있는
> 모양도 서럽고,
>
> 가는 때를 알고 시드는 것도
> 서럽구나

심산유곡深山幽谷
야생화는 얼만큼 서러워야 하나

—「꽃에 대한 소묘」 전문

김재천의 시에는 꽃에 이어 사랑에 관한 어휘도 많이 등장한다. 아마 당면한 지배적인 관념이 사물을 만나면서 사랑으로 연상되는 것일지도 모른다. 시인은 「사랑하는 님이여」에서 "당신을 알기 전에는/ 저는 한줌 바람이었습니다./ 피부를 스치는 간지러운 대화로/ 당신의 마음을 훔치려는/ 한 줌 바람이었습니다."고 한다. 구체적인 사랑의 대상은 없는 것으로 보인다. 사랑은 시의 영원한 주제다. 시인은 신이나 사람, 또는 다른 사물이나 관념에 대한 사랑을 당위성으로 받아들이고 있는 듯하다. 그래서 사랑을 구체적인 사실이 아니라 관념으로 접근하고 있다는 생각이 든다.

저만치 서 있는 사랑은
가까이 다가가면 달아나고
사랑의 깃을
가슴에 달고 싶어 했던
너도
곁에 머물지 못하는데
사랑은 자꾸 오라고 손짓하는구나

사랑아
어디까지 가야 되는 건지
어디까지 쫓아가야 되는 건지

—「무제」 전문

미욱未旭한 현실 앞에 정情은
사랑이라는 표정으로 나타나
"사랑이여"하고 부르는 순간
사라져 버렸다
사랑이 없어져 버린 빈 가슴속에
사랑이 다시 채워지기까지
어찌해야 하는 건가

—「사랑의 표정」 전문

시 「무제」는 사랑의 속성에 대한 관념을 형상한 것이다. 정말 사랑은 아무도 정의 할 수 없다. 어떤 게 사랑인지도 아무도 모른다. 시의 화자 역시 사랑을 "저만치 서 있는 사랑은/ 가까이 다가가면 달아나"는 것으로 표현하여, 사랑이라는 것이 고정되어 있는 사물이 아니라는 것을 드러내고 있다. 사랑은 화자에게 오라고 손짓은 하지만 쫓아가면 잡히지 않는 관념이다. 사랑의 구체적 사물은 육체일 것이라고 생각하지만, 막상 육체를 잡고 보면 사랑이 육체가 아님을 명백히 알 수 있다. 그래서 사랑의 처음도 그렇지만 그 끝도 알 수 없다. 화자 역시 어디까지 사랑을 쫓아가야 되는 것인지 알 수가 없다.

시인은 「사랑의 표정」에서도 화자를 앞세워 "미욱未旭한 현실 앞에 정情은/ 사랑이라는 표정으로 나타나/ "사랑이여"하고 부르는 순간/ 사라져 버렸다"고 한탄한다. 화자는 정이 표정으로 나타는 것이 사랑이라고 한다. 그러나 이 사랑의 표정은 사랑이라고 부르는 순간 사라져버린다. 사랑은 무형물이기 때문에, 고정적인 물건이 아니기 때문에 잡거나 가둘 수가 없다. 화자는 사랑이 새어나간 빈 가슴을 가지고 있다. 그리고 다시 가슴에 사랑이 채워지기까지 어찌해야 하는지 묻고 있다.

시인은 이 잡히지도 않고 채워지지도 않는 사랑을 정착시키고 정의하려고 한다. 아래 시들이 그렇다.

내
너를 사랑함을 아무에게도 말하지 마라
사랑을 말하는 순간
너와 나는 한 마리의 암컷과 수컷이 되어
그렇게 알몸만 남는 불륜이 되어
하늘도 용서치 않는 불륜이 되어
이승에서 살아가는 동안 고독하리니
내
너를 사랑함을 아무에게도 말하지 마라

—「불륜」 전문

어디까지 파내었는지

뼈 속까지 스미는 한기寒氣를
단斷의 저 편에서 몰고 와도
슬픔을 감내할 뿐

사랑이 없다고 말하지 마라
작다고 말하지 마라
부족하다고 말하지 마라

사랑은 아무데나 쓰는 것이 아니기에
감정의 동정이 아니기에
아무 소리도 하지 마라

억겁億劫으로 물려받은 오장육부를
다 퍼가 뜨거운 사랑으로 만들었으니
아무 소리도 하지 마라

아, 사랑은 이미 다 퍼내었는데
빈속을 채우는 안개바람이
어디선가 또 사랑을 만드나 보다

—「폐광」 전문

사랑은 비밀이다. 비밀일 때 자기 것이 된다. 사유화가 된다.

사랑은 공유가 아니다. 일대 일이다. 배타적 사유다. 비밀이 탄로 날 때, 외부화가 될 때 이미 사랑이 아닌 것이다. 여러 사람이 공유하는 순간, 공개하는 순간 외설이 된다. 상품이 된다. 그래서 시인은 「불륜」에서 화자를 통해 "내/ 너를 사랑함을 아무에게도 말하지 마라"고 한다. 외부에 관계가 노출되는 순간 "너와 나는 한 마리의 암컷과 수컷이 되"기 때문이다. 암수는 동물적 본질이고, 사랑의 구체적 행위이지만 그것이 탄로 났을 때는 이미 사랑이 아니고 외설이 되는 것이다.

「폐광」에서 화자는 "사랑이 없다고 말하지 마라/ 작다고 말하지 마라/ 부족하다고 말하지 마라"고 명령조로 말한다. 이유는 "사랑은 아무데나 쓰는 것이 아니기에/ 감정의 동정이 아니기"때문이라는 것이다. 사랑이라는 것이 감정의 동정이 아니고 인간의 어떤 신성한 고유 영역임을 역설하고 있다. 그리고 사랑은 퍼낼수록 채운다는 나름대로의 원리를 전개하고 있다. 시인은 사랑과 관련하여 거의 모든 시편에서 구체적이고 경험적 사랑이라기보다는 관념적인 개념과 정의와 추정을 통해 시를 구성하고 있다.

이 시집에서 김재천은 마애불磨崖佛에 대한 연작시 10편을 부제를 달아 싣고 있다. 불교가 그의 종교이든 아니든 상관없이 마애불을 통해 일상에 대한 관념을 어떻게 형상하고 있는지 알 수 있는 좋은 지표가 된다. 이들 시편에는 '천애의 허공' 으로 암시되는 무한 공간과 '찰라' 와 '영겁' 으로 기표되는 무한 시간이 존재한다.

> 어느 이름 없는 석수장이가
> 코도 제대로 만들지 못하고
> 입도 제대로 만들지 못하고
> 귀와 눈도 제대로 만들지 못하고
> 오장육부도 제대로 만들지 못하고
> 그저 빗물 흐를 때
> 사람 형상처럼 보이도록만 만들어서
> 언제 만든 지도 모르듯이 그렇게 만들어 놓고
> 바람에 숨 쉬게 하고
> 이슬로 눈물 만들어 울게 하고
> 햇살이 비치면 미소 만들어 웃게 하고
> 말갛게 흐르는 구름 먹으며 살라고
> 그리움과 기다림만 있는
> 하이얀 허공이나 가지며 살라고.
>
> —「마애불磨崖佛 · 1 -서설序說」 전문

> 어떡하라고
> 바람도 넘나들기 어려운
> 절벽 한 구석에 나를 세워 놓고

어떡하라고
구름만 오고 가는 천애*天涯의
이승과 저승 사이 나를 데려다 놓고

그리움 겹겹이 쌓인
하늘만 바라보며
무엇을 기다리라는 것이냐

아무 것도 약속할 수 없는
그리움만 안고
언제까지 기다리라는 것이냐

천애의 허공 속을 휘몰아치는 바람아

* 천애 : 천애지각(天涯地角)의 준말

—「마애불磨崖佛 · 2 -운명곡運命哭」 전문

시인은 「마애불磨崖佛 · 1 -서설序說」에서 마애불의 특징을 구체적으로 진술하고 있다. 이름을 알 수 없는 석수장이가 평면의 바위에 선을 파서 만든 마애불은 이목구비가 뚜렷하지 않다. 크기의 비율도 맞을 리가 없다. 이러한 형태를 "코도 제대로 만들지 못하고/ 입도 제대로 만들지 못하고/ 귀와 눈도 제대로 만들지 못하"였다고 한다. 그래서 "빗물이 흐를 때/ 사람 형상처럼 보"일 뿐이다. 마애불을 만든 연원도 알 수가 없어서 "바람에 숨 쉬게 하고/ 이슬로 눈물 만들어 울게 하고/ 햇살이 비치면 미소 만들어 웃게 하고/ 말갛게 흐르는 구름 먹으며 살라고/ 그리움과 기다림만 있는/ 하이얀 허공이나 가지며 살라고."한다. 천연의 바위 벼랑에 가능하면 인공을 가하지 않고 자연스럽게 바위에 선을 그어서 만든 마애불은 이렇게 자연과 잘 어울리는 것이 특징이다. 그리고 이런 마애불이 가질 수 있는 것은 무한 공간인 '허공'일 뿐이다.

부처는 무한 공간과 무한 시간에 존재하는 절대자다. 화자는 시 「마애불磨崖佛 · 2 -운명곡運命哭」에서 "바람도 넘나들기 어려운/ 절벽 한 구석에"서있고 "구름만 오고 가는 천애天涯의 이승과 저승 사이"에 있는 마애불에 자신의 감정을 투사한다. 자신의 운명도 어떤 절벽 한 구석에 서 있다는 것이다. 저승과 이승 사이의 경계를 넘나드는 부처의 마음과 같이 화자의 잡히지 않는 관념도 막연한 것이다. 실체가 없는 화자의 막연한 관념은 '천애의 허공'으로 형상화 된다.

가시더이다
맑디 맑은 눈빛 육남매 가슴에 남기시고
기어코 가시더이다

이승의 발걸음
한 걸음도 헛길 걸으시지 않으려

그리도 바삐 가시더이다

살아가는 것을
육남매 가슴 가슴으로 피돌림 시키시고
천애의 한 결, 당신 오셨던 곳으로 가시더이다

한줌 흙 되시면 오시리까
한줌 흙 받들고 천상으로
통곡하면 오시리까

백골 남기시고
그렇게 살으라고 오시리까
하늘의 미소 모두 가지시고 오시리까

아버지

—「마애불磨崖佛 · 8 -윤회, 부친 영전에」 전문

갈 수 있나
그대 있는 곳으로
아지랑이 일렁이는 그리움 가득 안고
기다림에 설레이는 육신을 끌며
가야하나
그대 있는 곳으로

세월은 마냥 기다림과 그리움으로

기대어 오고
유황硫黃의 거품 같은 세속의 60여년,
그 작업장에서
겨우
빈 깡통 하나 만들었다네

—「마애불磨崖佛 · 4 -장인匠人」 전문

시「마애불磨崖佛 · 8 -윤회, 부친 영전에」는 앞의 시들이 보여주는 관념을 거두어 좀 구체적인 사건을 진술하고 있다. 시에서 화자의 아버지는 육남매를 두고 저승으로 갔다. 천애의 허공으로 돌아간 것이다. 화자의 아버지가 이승을 걸어서 바삐 간 곳은 "천애의 한 곁, 당신 오셨던 곳"이다. 한줌의 흙으로 돌아간 아버지는 아무리 통곡을 해도 오지 못한다. 간 곳이 없는 것처럼 올 곳도 없기 때문이다. 그렇다고 우주의 긍정적 집합인 "하늘의 미소"도 가지고 올 수 없다.

시「마애불磨崖佛 · 4 -장인匠人」은 '그대'가 있는 곳으로 "기다림에 설레이는 육신을 끌"고 다니는 화자가 갈 수 있느냐고 자문한다. '그대'는 관념인 진리의 의인화일 수도 있다. 화자는 진리, 어떤 깨달음을 향해 육신을 끌고 가야 하는지 묻고 있다. 화자는 "유황硫黃의 거품 같은 세속의 60여년,/ 그 작업장에서/ 겨우/ 빈 깡통 하나 만들었다"고 고백한다.

김재천이 마애불을 제재로 다룬 다른 시들에서는 '허공'과

'천애' '천애의 허공'이 계속 변주된다. 「마애불磨崖佛 · 3 -효孝」에서는 날아가는 새의 비상과 그림자 없는 달빛을 통해 '허공'을, 자신이 처한 정신적 공간을 '천애'로 표현한다. 그리고 시 「마애불磨崖佛 · 5 -진실」에서는 성철 스님의 오도송 "산은 산이요, 물은 물이로다"를 인용하여 "천애의 허공 너머로 보이는 것은 아무 것도 없다"고 한다. 시인이 「마애불磨崖佛 · 6 -임종」에서 단언하듯 "그리움과 기다림이/ 다 했을 때/ 생生은/ 천애의 허공이 거두어 가는 것"일는지 모른다. 김재천 시인이 부르는 "영겁을 떠도는 노래" '천애의 허공'을 메우는 시가 사람들이 인생을 깊이 바라보게 하고 세상을 아름답게 비추길 기원한다.

시와소금 시인선 · 048
그리고 남아있는 것은

1판 1쇄 발행 2016년 08월 20일

지은이 김재천
펴낸이 임세한
디자인 유재미 정지은
펴낸곳 시와소금
등록번호 제424호
등록일자 2014년 1월 28일
발행 강원 춘천시 충혼길20번길 4, 1층 (우-24436)
편집 서울 송파구 백제고분로45길 15, 302호(홍주빌딩)
전화 (02)766-1195, 010-5211-1195
이메일 sisogum@hanmail.net

ISBN 979-11-86550-23-6 03810

※ 이 책의 국립중앙도서관 출판도서목록(CIP)은 서지정보유통지원시스템 홈페이지(http://seoji.nl.go.kr)와 국가자료공동목록시스템 (http:// www.nl.go.kr/kolisnet)에서 이용하실 수 있습니다.